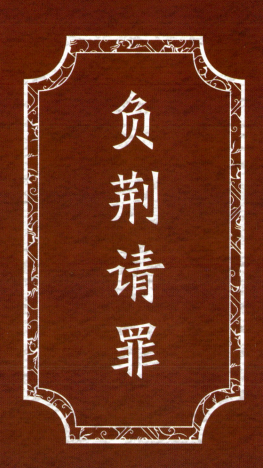

负荆请罪

周功鑫　主编

目录

故事背景······ 4

故事内容······ 6

成语运用······ 36

图画知识······ 38

延伸阅读······ 46

附录··········· 50

后记··········· 54

"负荆请罪"成语出自《史记》中的《廉颇蔺相如列传》，讲述战国期间，赵国贤臣蔺相如和大将军廉颇之间的故事。继"完璧归赵"之后，约公元前279年，出身卑微的蔺相如在渑池聚会上，挽回了赵国的尊严，被赵惠文王擢升为右上卿，官阶在大将军廉颇之上，廉颇因此心生不满，要伺机羞辱蔺相如。蔺相如对廉颇处处忍让，廉颇后来知道蔺相如忍让自己是为了顾全大局，便背着荆条向蔺相如请罪。后人以"负荆请罪"来形容一个人主动向别人承认错误，决心改过，并且愿意接受对方的责罚。

◎战国时期：公元前476年至公元前221年。

战国时期，赵惠文王手下有一批忠臣，他们对赵惠文王忠心耿耿。大将军廉颇勇武过人，带兵攻打齐国，屡建功勋。上大夫蔺相如智勇双全，带着稀世珍宝"和氏璧"出使秦国，使已落入秦王手中的宝玉"和氏璧"得以顺利夺回，并送返赵国，这一杰出表现，在历史上被称为"完璧归赵"。当时的赵国，在廉颇和蔺相如的协助下，维持了在众多诸侯国中的强势地位。

◎ 廉颇：约生于公元前 321 年，卒于公元前 238 年。在赵惠文王十六年（公元前 283 年）和二十年（公元前 279 年）先后带兵攻打齐国，令赵国强大起来。

◎ 蔺相如：约生于公元前310年，卒于公元前241年。曾代表赵国出使秦国，识破秦王欲骗取赵惠文王宝玉"和氏璧"的阴谋，成功"完璧归赵"。

秋季九月，除了菊花在绽放外，大地到处都是枯草和落叶，昆虫都躲进泥土里去了。这时，邯郸城的农民正在收纳农获，各行业的工匠也在为停工做准备，大家都忙碌着，迎接寒冬的来临。

赵惠文王站在邯郸宫殿的城头上，却愁眉深锁。他刚接见了秦国派来呈递国书的官员，秦昭襄王邀请他到秦国边境的小城渑池会面，他担心秦王会借故在聚会上加害他，但又不敢拒绝邀约，以免秦王以他傲慢无礼为由，出兵攻打赵国。

◎ 邯郸：今河
北省邯
郸市

◎ 赵惠文王：生于公元前310年，卒于公元前266年。

9

◎ 秦昭襄王：生于公元前 325 年，卒于公元前 251 年。

秦国位于赵国西面，势力强大，秦昭襄王积极扩张，不时派兵威胁赵国和其他国家。发生"完璧归赵"事件后，秦国又屡次东进，皆被赵国技巧性地遏止。此时秦王想集中兵力攻打南方的楚国，于是想和赵国暂时和平共处。赵王一想到要面对狡诈的秦王，便心生恐惧，他不知道秦王这次又在打什么鬼主意，所以打算婉拒渑池聚会的邀请。

◎ 渑池：今河南省渑池县西边。

廉颇和蔺相如看出赵王的心事，知道他不想前往渑池聚会。廉颇对赵惠文王说道："大王啊，您这一次不能不去渑池，如果您不去，秦王就会认定您怕了他，便会向其他国家取笑我们赵国懦弱无能。"蔺相如也说："廉将军的话很有道理，请大王三思。"赵惠文王同意廉颇和蔺相如的话，便答应秦国派来的使者，他将会前往渑池，和秦王会面。

赵惠文王出发前，赵国群臣开会，集思广益。会议决定由大将军廉颇预先在秦国和赵国的边境部署好兵力，准备一听到渑池大会上有加害赵惠文王的消息，便马上出兵攻打秦国。群臣又决定，由蔺相如陪同赵王一同出席大会。理由是蔺相如曾因"和氏璧"与秦王正面交过锋，对秦王的为人略知一二，对秦国的环境也不陌生；况且，上次蔺相如在和秦王交锋时取得了胜利，完璧归赵，大家都认同他是一个有智慧和胆识的人。

这天，秋风瑟瑟，廉颇护送赵王等一行人前往渑池。当他们到达赵秦交界，大家都默默无言，气氛凝重。廉颇忽然对赵王说："大王由此地到渑池，来回最多不过三十天。如果大王到时候还不回来，请允许改立太子为王，以防止秦王挟持大王作人质，要挟赵国作它的附属国。"

虽然廉颇的建议事出突然，但赵惠文王心中明白自己这次去渑池，吉凶难定。他心想："廉颇果然是个老谋深算的军事家，他的建议不但有军事谋略，也从政治的角度作出了考虑。"他对廉颇说："将军的话甚有道理，一切就依将军的意思去办好了。"他在众人面前同意了廉颇的建议。

到了两国约定的日子，秦王与赵王在渑池相会了。起初，秦王对赵王和他的随从都十分客气，热情地款待他们。两国国王把酒言欢，气氛和谐。就在秦王和赵王都带着几分酒意时，秦王冷不防地对赵王说："听说赵王音乐造诣高，瑟弹得极好，何不弹奏一曲助兴呢？"话刚说完，

秦王的侍者已向赵王奉上一张瑟。赵王以为秦王真的欣赏自己弹瑟的技巧，也不便推辞，于是随意地弹奏起来。

这时候，站在秦王旁边的御史，突然向赵王走过来，并且大声念出："某年某月某日，秦王与赵王一起饮酒，命令赵王以瑟弹奏一曲。"

赵王听到御史的叫喊声，顿时惊醒过来，酒意全消，冷汗直流，心想："秦王竟然把我这堂堂一个赵国的君王，当作他的臣下看待，命令我弹瑟，并且把这件事情记录下来，强行写进历史，

以造成赵国已臣服秦国的事实，实在太过分了……"赵王气得发起抖来，但碍于当时身处秦国的地方，对方人多势众，他一时不知如何是好，始终还是敢怒不敢言。

陪在赵王一旁的蔺相如见到自己的国君受到如此羞辱，感到十分气愤，他随手捧起放在地上的一个陶缶，对着秦王说："我们赵王听说大王擅于敲击陶缶，我这儿有个陶缶，也请大王赏脸敲一曲。"秦王一听，脸色大变，他知道蔺相如要以牙还牙，于是撇过头来，不予理会。

怎料，蔺相如马上捧着陶缶，趋前几步，在秦王面前跪下，并且把陶缶放在秦王面前，作势请他敲奏。初时，秦王仍然不理会。

蔺相如于是厉声说道："大王今天若不敲缶，我脖子上的血将会溅到大王的身上！"

秦王的左右随从见状，正想冲上前把蔺相如架走，没想到蔺相如突然瞪大双眼，高声喝道："你们不要过来！"随从们都被蔺相如的气势吓得不敢上前。双方僵持了好一阵子，蔺相如再次催促秦王："请秦王赏面敲一曲！"

秦王见驳不过蔺相如，心想："如果蔺相如死于秦国，赵国大将军廉颇一定出兵攻打秦国，这样会破坏我们的战略计划。"随后转念又想："这儿是秦国的地方，就算我敲一下陶缶，想你蔺相如　　对我也不能做什么。"于是勉为其难地在陶缶上轻轻一敲……怎料，蔺相如马上把头　转向赵国的御史，高声道："某年某月某日，秦王为赵王敲奏陶缶。"

此时，秦国一名大臣突然大声说："请赵国拿十五座城池给秦王祝寿吧！"面对秦国大臣的挑衅，蔺相如不甘示弱，他高声地回答："请秦国用都城咸阳作为我们大王的寿礼吧！"两国大臣针锋相对，宴会现场气氛渐趋紧张。

秦国向赵王提出了一连串的无理要求，但都被正气凛然的蔺相如一一驳斥下去。忽然，秦王获得消息："赵国大将军廉颇率领大军，已抵达秦国边境。"秦王虽然被蔺相如气得牙痒痒，但他知道这并不是轻举妄动的时候，只好强忍着心中怒火，客客气气地把赵王一行人等送回赵国去。

在渑池聚会上，蔺相如面对强敌面不改色，从容应对，挽回了赵国的尊严，他的过人才智，令赵王十分赞赏。赵惠文王一回到邯郸，马上将蔺相如由上大夫擢升为右上卿。

廉颇看到赵王如此器重蔺相如，感到十分委屈，心想："这次渑池聚会，如果不是我廉颇率领

大军镇守秦、赵两国边境，秦王怎会轻易放赵王和蔺相如回来？事后论功行赏，赵王只顾擢升蔺相如，对我半句嘉奖话都没提，那个出身卑微的蔺相如，现在的官阶竟然比我这大将军还高，这对我是何等的不公平啊！"

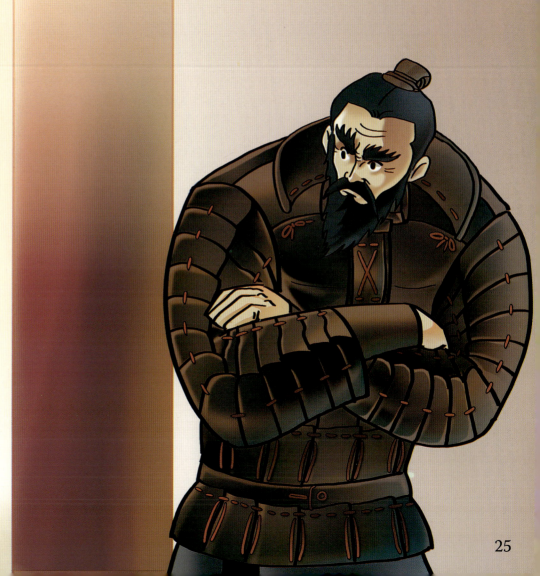

廉颇对赵王器重蔺相如的事耿耿于怀。这天，他再也按捺不住了，在门客面前大发雷霆，说道："这十多年来，我南征北讨，出生入死，为赵国立下多少汗马功劳，才能当上今天赵国的大将军。而那个蔺相如不过耍耍三两下嘴皮子，官位就比我高了。"廉颇越想越感到不甘心，他露出鄙视的眼神，狠狠地说道："我实在没办法再忍受在朝廷上屈居蔺相如之下了。这对我实在是非常羞耻的事啊！以后，要是让我碰见蔺相如，我一定要好好羞辱他一番。"

蔺相如辗转知道了廉颇伺机要羞辱自己的事，于是，他处处躲避廉颇，以免和廉颇发生正面冲突。蔺相如开始托病不上朝了，他怕廉颇在赵王面前找他麻烦，他不想赵王因此感到难堪。蔺相如尽量避免和廉颇碰面，如果远远看见廉颇的车队，他便马上指示自己的御者把马车驶进内巷中回避。

门客们看到蔺相如处处躲避廉颇，都以为他怕了廉颇。他们偷偷议论着蔺相如的行为，有人担心地说："我们投靠了一个胆小怕事的蔺相如，还会有前途吗？"

也有人说："蔺相如如此怯懦，太没出息了。我们投靠在他的门下，也面目无光啊！"

有人建议："蔺相如对我们虽然很好，但是，我们也该为自己的前途着想啊！"

于是，他们来到蔺相如的宅邸堂上，向蔺相如请辞。蔺相如知道原因后，问他们说："你们试比较一下廉颇将军和秦王，他们哪个比较可怕？""那当然是秦王可怕了。"众人异口同声。

"对。秦王虽然可怕，我蔺相如也敢在大庭广众中斥责他，羞辱他的朝臣。"

蔺相如继续说："我连秦王都不怕，还会怕廉颇将军吗？我之所以躲避廉颇将军，是考虑到秦国一直不敢派兵攻打赵国，就是因为有我和廉颇将军在。如果秦王知道我和廉颇将军决裂，势必乘虚而入，那样赵国便会不保了。我之所以一再退让，是因为我把赵国的安危放在首位，把我和廉颇的私人恩怨放在其次。"

门客们听蔺相如这么一说，都恍然大悟。他们纷纷对蔺相如的忠贞表示赞赏，当然，他们更欣赏的，是蔺相如的恢弘气度。

蔺相如对门客们所说的话，很快便传到廉颇的耳朵里，廉颇这时才惊觉蔺相如对自己的避让，完全是为顾全赵国的安危。"与蔺相如'轻小我，重大我'的高尚情操相比，我廉颇真是惭愧啊！"于是，他决心要向蔺相如认错请罪。

十月，已有几分寒意。这天，廉颇脱去上衣，光着肩膊，背负着一捆荆条，由一班门客陪伴，在邯郸城的大街上走着。廉颇的奇异行为引来了不少路人围观。人们议论纷纷，都在打听究竟发生了什么事。当人们知道廉颇一行人是要向蔺相如登门请罪之后，都感到十分震惊，有人更抢先一步向蔺相如报信。

蔺相如听到廉颇来请罪的消息，连忙奔出门外相迎。廉颇见到蔺相如，马上双膝下跪，说道："我是个狭隘浅薄的人，没想到大人您的心胸如此宽大，我实在是惭愧啊！"

蔺相如见到贵为大将军的廉颇赤裸上身，背着荆条来向他认错，一时不知所措。他对廉颇光明磊落的性格，顿时敬佩起来，赶紧扶起廉颇。廉颇和蔺相如尽释前嫌，自此成为刎颈之交，一同为保卫赵国而努力。

"负荆请罪"是指一个人背着荆条，向对方自请责罚的意思，运用在一个人主动向对方忏悔认错，请求原谅。

大家熟悉的成语"刎颈之交"，同样来自本故事，形容朋友之间深厚的友谊。蔺相如的远见与气度，廉颇的自省精神和坦荡胸怀，无论在哪一个时代，具有这些人格特质的栋梁之材都是弥足珍贵的。

在一个纷乱的时代，若能像故事中的两位人物蔺相如与廉颇，皆能重大我、轻小我，抛开私人的情绪与恩怨，团结一心，共同努力，则小如一个组织，大至一个国家，必能获得永续发展。

01
p.6

战国时晋系文字中的"赵"字
据《战国古文字典》资料重绘。

02
pp.6-7

臂甲
参考云南省江川县李家山出土铜臂甲，云南省博物馆藏。

03
p.7

甲胄
战国时期的甲胄是将皮革裁成多片块状，以红色线绳组缀而成。参考湖北省枣阳市九连墩出土的皮胄与皮甲，湖北省博物馆藏。

04
p.7

玄端冠
为战国时期官员常戴的头冠样式。据《新定三礼图》资料重绘。

05
pp.6-7

铜剑
参考河北省邯郸市百家村出土铜剑，邯郸市博物馆藏。

06
p.7

带钩
为战国时期流行的腰带钩饰。参考河北省邯郸市武安市固镇古城出土错金银嵌绿松石铜带钩，邯郸市博物馆藏。

07
p.7

曲裾深衣
为战国时期非常流行的服装样式，男女皆可穿着。参考湖南省长沙市子弹库楚墓出土人物御龙帛画，湖南省博物馆藏。

08
p.7

靴
上面有铜泡加强保护。参考辽宁省沈阳市郑家洼子出土皮靴复原图。据《中国古代军戎服饰》资料重绘。

09
p.7

组玉佩
为战国时期身份的表征，并具备君子的意象，以玉比君子德。参考彩绘木俑，湖北省江陵县纪城1号墓出土，湖北省文物考古研究所藏。自制线绘图。

宫殿

10 pp.8-9

战国时期的宫殿建立于夯土台上。参考赵王城龙台遗址照片，邯郸市博物馆藏。

12 p.8

城门

参考战国时代的城郭都市图。据《战略战事兵器事典1：中国古代篇》资料重绘。

11 p.9

皮弁冠

弁，音同"变"。战国时期君王的头冠称为皮弁冠。冠用白鹿皮制成，且缝缀有五种不同颜色的宝石。据《新定三礼图》资料重绘。

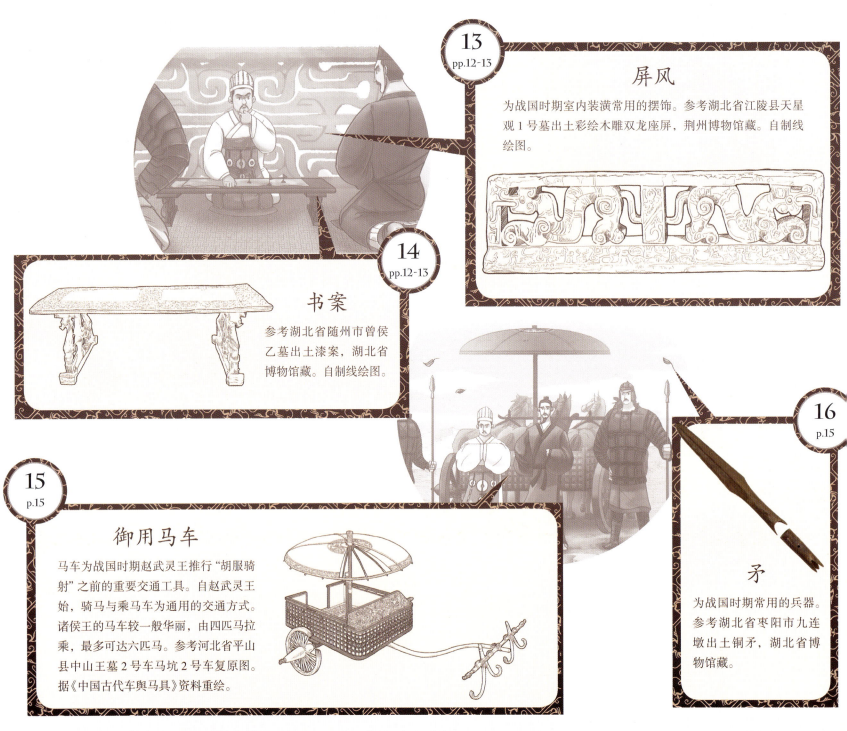

13
pp.12-13

屏风

为战国时期室内装潢常用的摆饰。参考湖北省江陵县天星观1号墓出土彩绘木雕双龙座屏，荆州博物馆藏。自制线绘图。

14
pp.12-13

书案

参考湖北省随州市曾侯乙墓出土漆案，湖北省博物馆藏。自制线绘图。

16
p.15

矛

为战国时期常用的兵器。参考湖北省枣阳市九连墩出土铜矛，湖北省博物馆藏。

15
p.15

御用马车

马车为战国时期赵武灵王推行"胡服骑射"之前的重要交通工具。自赵武灵王始，骑马与乘马车为通用的交通方式。诸侯王的马车较一般华丽，由四匹马拉乘，最多可达六匹马。参考河北省平山县中山王墓2号车马坑2号车复原图。据《中国古代车舆马具》资料重绘。

17
pp.16-17

席镇

当时人们室内活动为跪坐在席子上，为防铺席四角不平整，会用席镇放在席子的四角。参考湖北省枣阳市九连墩出土铜镇，湖北省博物馆藏。

18
p.16

瑟

为当时的乐器。赵国人尚音乐与舞蹈，因此瑟在赵国相当流行。参考湖北省随州市曾侯乙墓出土瑟，湖北省博物馆藏。

19
p.17

凭几

功能相当于现代椅子的扶手。参考湖南省长沙市浏城桥1号墓出土漆木凭几，湖南省博物馆藏。（上图为出土文物，仅存几面，下图为复制全器）

21
p.16

20
p.16

壶

为当时常用装酒或水的器物。参考河南省辉县市赵固村出土蟠螭纹提链壶，中国国家博物馆藏。

匕

为舀取食物的器具，相当于现今的汤匙。参考湖北省随州市曾侯乙墓出土铜匕，湖北省博物馆藏。自制线绘图。

22
p.16

席案

参考湖南省湘乡市牛形山楚墓出土彩绘圆涡纹漆案，湖南省博物馆藏。

23
p.18

竹简

为战国时期书写形式。参考战国竹书，上海博物馆藏。

24
pp.18-19

觯

觯，音同"至"。为当时所用的饮酒器，即当今酒杯。参考战国时期铜觯，北京大学赛克勒考古与艺术博物馆藏。

25
p.18

毛笔

战国时期书写方式是用毛笔写在竹简上。参考湖南省长沙市楚墓出土毛笔，湖南省博物馆藏。

26
pp.18-19

豆

为当时常用的食器，因为金属较昂贵，所以一般平民用的是陶制的器皿，贵族才使用铜制者。参考错金卷龙纹豆，上海博物馆藏。

27 p.21

缶

缶，音同"否"。为当时秦国流行的乐器，如鼓一样用棒敲击声响。参考江苏省无锡市鸿山出土青瓷三足缶，鸿山遗址博物馆藏。

28 pp.22-23

马匹

战国之前，战场上多以车战为主，唯仅适用于平原，无法驰骋于山间或崎岖地势；到战国时期，尤其赵武灵王提倡"胡服骑射"之后，才开始有骑兵列阵。参考河北省邯郸市赵王陵出土铜马，邯郸市博物馆藏。

29 p.22

秦国大臣服装

参考陕西省西安市秦始皇帝陵出土将军俑，秦始皇帝陵博物院藏。

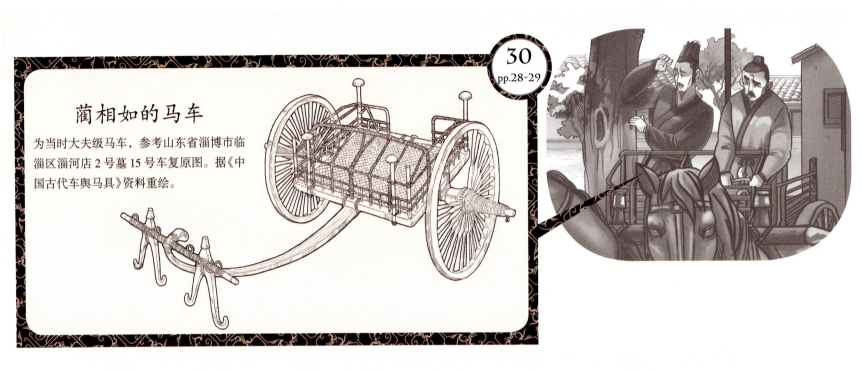

30
pp.28-29

蔺相如的马车

为当时大夫级马车，参考山东省淄博市临淄区淄河店 2 号墓 15 号车复原图。据《中国古代车舆马具》资料重绘。

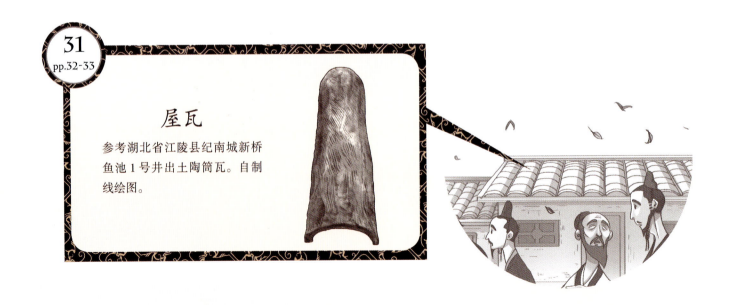

31
pp.32-33

屋瓦

参考湖北省江陵县纪南城新桥鱼池 1 号井出土陶筒瓦。自制线绘图。

32
pp.36-37

漆画

战国时期是漆器的重要成长时期，当时已有多种颜色，但以红、黑二色为主。本图说集内的故事背景与成语运用两部分说明特别采用战国时期的漆画风格呈现，是为重现当时的绘图特色。本漆画参考湖北省荆门市包山 2 号楚墓出土漆奁（音同"连"，漆奁是当时女子放置梳妆用品的盒）风格，湖北省博物馆藏。自制线绘图。

战国时代乐器：根据《周礼》记载，中国古代乐器共分为金、石、土、革、丝、木、匏和竹八大类，称为"八音"。这种分类方法，是按照乐器的制作材质来分类的。

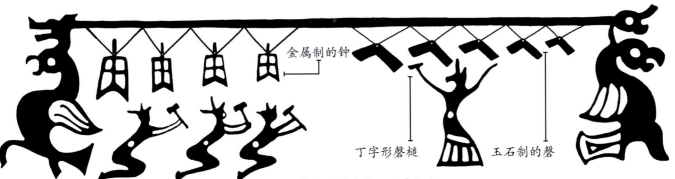

金属制的钟

丁字形磬槌　　玉石制的磬

图1　宴乐渔猎攻战纹图壶拓本
北京故宫博物院藏
自制线绘图

钟

钟，是以金属（青铜）制成的敲击乐器，在八音中属"金"类，是由商代的铙或铃发展而来的。钟是乐器中最珍贵的。西周时三枚一组，天子使用的数量为四组即十二枚，诸侯三组即九枚，大夫二组即六枚，士一组即三枚。以上规制在西周时期严格执行，而且不能逾越。至战国时期，诸侯国各自称霸，统治秩序紊乱，因此钟的使用数量，已经不按西周时的规制，在数量上有九至十三枚一组，最高数量有高达六十四枚的，像曾侯乙墓出土的编钟就是个例子。这些由多枚大小不同、音高不同的钟依次序悬挂在架上，叫"编钟"（图1）。编钟通常用于宫廷及贵族的重大祭典、宴乐或仪式。每枚钟的器口向下，钟越大声音越深沉，演奏时，由人拿着"丁"字形的钟槌，敲击出两个不同音高的音。一个音在正鼓部位产生，称正鼓音；另一个音在侧鼓部位产生，称侧鼓音。正鼓音和侧鼓音之间可构成小二度、大二度、小三度、大三度或纯四度的音程。钟体受击后，振波由钟顶向钟口扩散，钟口振幅最大，因而可产生洪亮而悠扬的乐音（图2）。

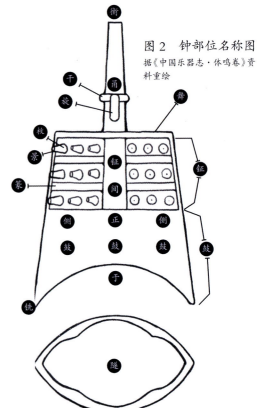

图2　钟部位名称图
据《中国乐器志·体鸣卷》资料重绘

磬

磬，音同"庆"，是用坚硬的大理石或玉石制作而成的敲击乐器，属八音中"石"的一类。把大小或厚薄不同的磬，依次悬挂在同一个架子上，组成的一组乐器，名唤"编磬"（图1）。演奏编磬时，演奏者依时敲击不同的磬，发出不同音高，而演奏成声响清越的乐曲（图3）。编钟和编磬同是古代音乐"八音"中的主要乐器。古时候，在宗庙祭祀和宫廷宴会场合中，编钟与编磬会被放置在显眼的位置，用以彰显主人的社会地位。

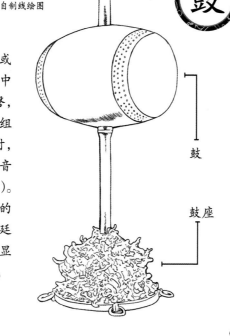

图4 建鼓
湖北省博物馆藏
自制线绘图

柱子

鼓

鼓座

鼓

鼓，是以兽皮制成的敲击乐器，在八音中属于"革"类。周代人因鼓有柱子贯穿其中，下方还有鼓座，称之为建鼓或楹鼓（图4）。战国时期，鼓的功用很多，应用广泛，除经常作为宴会中乐舞的伴奏乐器，在战场上，鼓还是指挥士兵进退和激励士气的工具。建鼓的鼓身长而圆，鼓体较大，两面蒙皮，用两槌击鼓一面，声音洪大，传播甚远。鼓的音色和音量，除了与鼓框的结构有关外，与皮膜的质量、厚薄、张力，槌的形状，敲击的力度及部位，都有密切关系。

图5 瑟
曾侯乙墓出土
湖北省博物馆藏
自制线绘图

弦柱

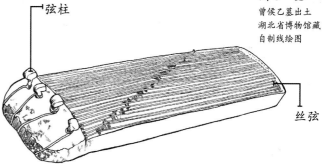

丝弦

瑟

瑟，是用榉木或梓木做体，缀上丝线制成的弹拨乐器，在"八音"中属于"丝"类（图5）。这种古代弹拨乐器，盛行于春秋战国时期。瑟的由来，据说在传说时代，炎帝的时期，常遇干旱，农作物因天久不下雨，皆枯萎，无法生长。炎帝的一位大臣，名叫士达，制作一种新乐器，用以聚集阴气，祈求天降甘霖，使大地作物能够获得滋长，这种新乐器就是瑟。瑟呈长方形，有四至五个弦柱，一般二十五条弦，分成三组弦，内九弦、中七弦、外九弦的柱位排列。各柱位、弦长比例有定，它按五声音阶调弦定音，用按弦升高半音的方法得到七声音阶。每弦下有一可移动的码子，用来调音。演奏者用指头弹拨弦线，发出乐音，通常在士人阶层广泛流传。古时候，盛行用编钟与鼓合奏出"钟鼓之乐"，在此过程中，经常会搭配琴、瑟等乐器一起演奏。瑟的音质饱满，高音清脆、中音明亮、低音浑厚。

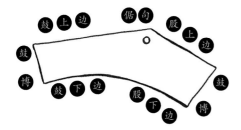

鼓上边 倍句 股上边
鼓 博 鼓 股 鼓
博 鼓下边 股下边 博

图3 磬部位名称图
据《中国乐器志·体鸣卷》资料重绘

图6　青瓷三足缶
江苏省无锡市鸿山出土
鸿山遗址博物馆藏
自制线绘图

缶

缶，是以陶土制成的敲击乐器，口小腹大，原本是用作盛水或浆的容器，后来演变成乐器，在八音中属"土"类。在西周或更早之前，可能就有击缶的习惯。而由"负荆请罪"这个故事，可以知道缶是当时在秦国相当流行的乐器，秦人喜或敲或叩缶，以为歌者打拍子。演奏的方式是用棒子敲击，但不限于一支棒子，有的甚至会用到四支棒子。在近年的考古发掘中，多发现用铜制成的缶，它们的造型精美，而且体型巨大，有些外型较为矮胖的是属于沐浴用的缶，称为"浴缶"，用法是将缶里的水浇洒身体；有些外型较高、颈较长的，则是作为酒器的"尊缶"。至于用来做乐器的缶，一直到2004年在江苏省无锡鸿山，才发掘出三足青瓷缶(图6)，推测似古书中所记载乐器缶的实物。

枳

图7　枳
据《新定三礼图》
资料重绘

枳，音同"祝"，属八音的"木"类。枳的造型犹如方形的木箱(图7)，上宽下窄，用于古代宫廷雅乐。演奏时，演奏者用木棒敲击箱的内壁，发出声响，表示乐曲要开始了。由于枳是木头制成，若没有上漆便不易保存，因此，到目前为止还没有考古发现战国时期的出土"枳"。

笙

笙，是用匏瓜(即葫芦瓜)制成的吹管乐器，是八音中的"匏"类乐器(图8)。笙由笙斗、笙管和笙簧组成。笙斗用匏瓜制成，笙嘴是木制，笙管是用单节或双节的芦竹制成，笙簧则是用较厚的长方形竹片制成。每根笙管上端有出音孔，靠近笙斗的上方则有按音孔。笙借由每根管子中的簧片发声，是吹管乐器中唯一的和声乐器，也是唯一能吹吸发声的乐器，其音色清晰透亮，音域宽广，感染力强。战国时期，笙也常与竽并称，区别在于笙体积小、簧少；竽体积大、簧多。

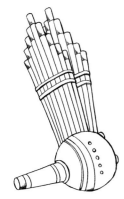

图8　彩漆笙
曾侯乙墓出土
湖北省博物馆藏
自制线绘图

箫

箫，是由竹管制成的竖吹乐器，属八音中"竹"类乐器。古代的箫，就是今日我们所说的"排箫"，以长短参差的竹管，按长短大小依次递减，并用绳子、竹篾片加以编排而成(图9)。最早，可能是发现水中折断的芦苇经风吹动而发出声音，便开始截芦吹之，并演变成把长短不等的竹管排成一列，吹奏出高低不同的音。后来发现在一枝管上开出距离不等的音孔，也可以发出高低不同的音，于是排箫逐渐演变成单管数孔的洞箫。箫声清柔婉转，如泣如诉，余音袅袅。而常与箫并称的笛子，声音清脆嘹亮，又是另一种风格。

图9　彩绘三角雷纹排箫
曾侯乙墓出土
湖北省博物馆藏
自制线绘图

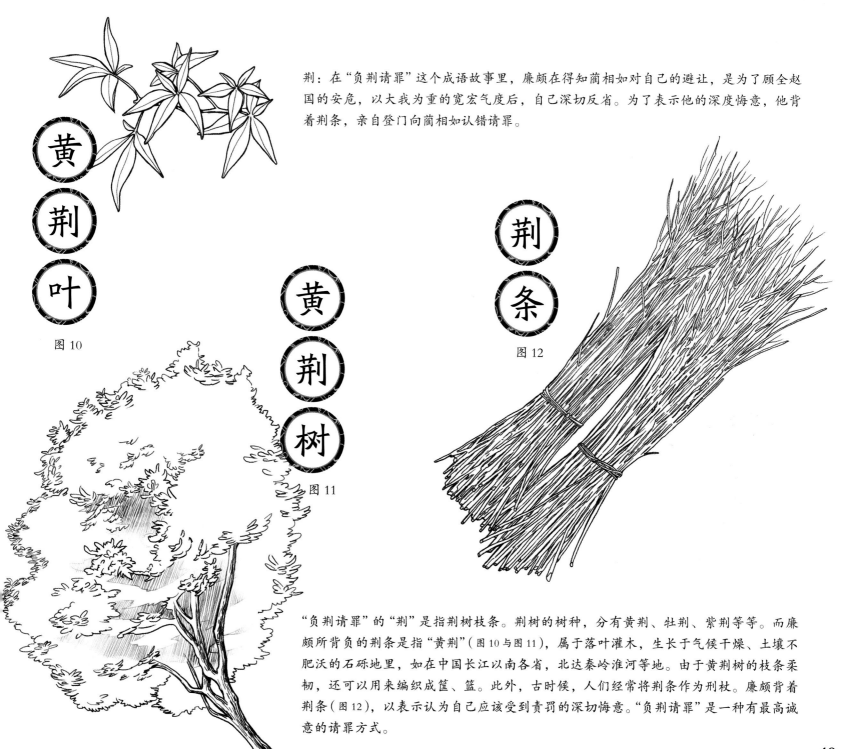

荆：在"负荆请罪"这个成语故事里，廉颇在得知蔺相如对自己的避让，是为了顾全赵国的安危，以大我为重的宽宏气度后，自己深切反省。为了表示他的深度悔意，他背着荆条，亲自登门向蔺相如认错请罪。

黄荆叶

图 10

黄荆树

图 11

荆条

图 12

"负荆请罪"的"荆"是指荆树枝条。荆树的树种，分有黄荆、牡荆、紫荆等等。而廉颇所背负的荆条是指"黄荆"（图10与图11），属于落叶灌木，生长于气候干燥、土壤不肥沃的石砾地里，如在中国长江以南各省，北达秦岭淮河等地。由于黄荆树的枝条柔韧，还可以用来编织成筐、篮。此外，古时候，人们经常将荆条作为刑杖。廉颇背着荆条（图12），以表示认为自己应该受到责罚的深切悔意。"负荆请罪"是一种有最高诚意的请罪方式。

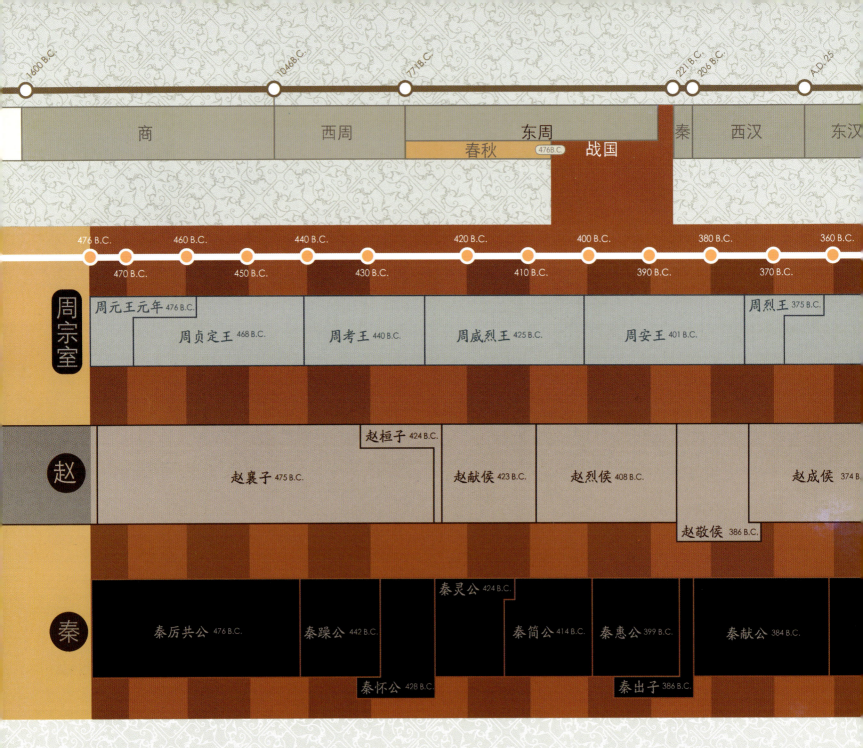

商　西周　东周　秦　西汉　东汉

1600 B.C.　1046B.C.　771B.C.　221B.C.　206B.C.　A.D.25

春秋　476B.C.　战国

476 B.C.　460 B.C.　440 B.C.　420 B.C.　400 B.C.　380 B.C.　360 B.C.
470 B.C.　450 B.C.　430 B.C.　410 B.C.　390 B.C.　370 B.C.

周宗室

周元王元年 476 B.C.
周贞定王 468 B.C.　周考王 440 B.C.　周威烈王 425 B.C.　周安王 401 B.C.　周烈王 375 B.C.

赵

赵桓子 424 B.C.
赵襄子 475 B.C.　赵献侯 423 B.C.　赵烈侯 408 B.C.　赵成侯 374 B.C.
赵敬侯 386 B.C.

秦

秦灵公 424 B.C.
秦厉共公 476 B.C.　秦躁公 442 B.C.　秦简公 414 B.C.　秦惠公 399 B.C.　秦献公 384 B.C.
秦怀公 428 B.C.　秦出子 386 B.C.

350 B.C.　340 B.C.　330 B.C.　320 B.C.　310 B.C.　300 B.C.　290 B.C.　280 B.C.　270 B.C.　260 B.C.　250 B.C.　240 B.C.　230 B.C.　221 B.C.

周显王 368 B.C.

周慎靓王 320 B.C.

周赧王 314 B.C.

东周灭 256 B.C.

赵肃侯 349 B.C.

赵武灵王 325 B.C.

赵惠文王 298 B.C.

赵孝成王 265 B.C.

赵悼襄王 244 B.C.

赵幽缪王 235 B.C.

赵代王嘉 227 B.C.

秦灭赵国 222 B.C.

秦武王 310 B.C.

秦孝文王 250 B.C.

秦孝公 361 B.C.

秦惠文王 337 B.C.

秦昭襄王 306 B.C.

秦庄襄王 249 B.C.

秦王政 246 B.C.

秦统一中原 221 B.C.

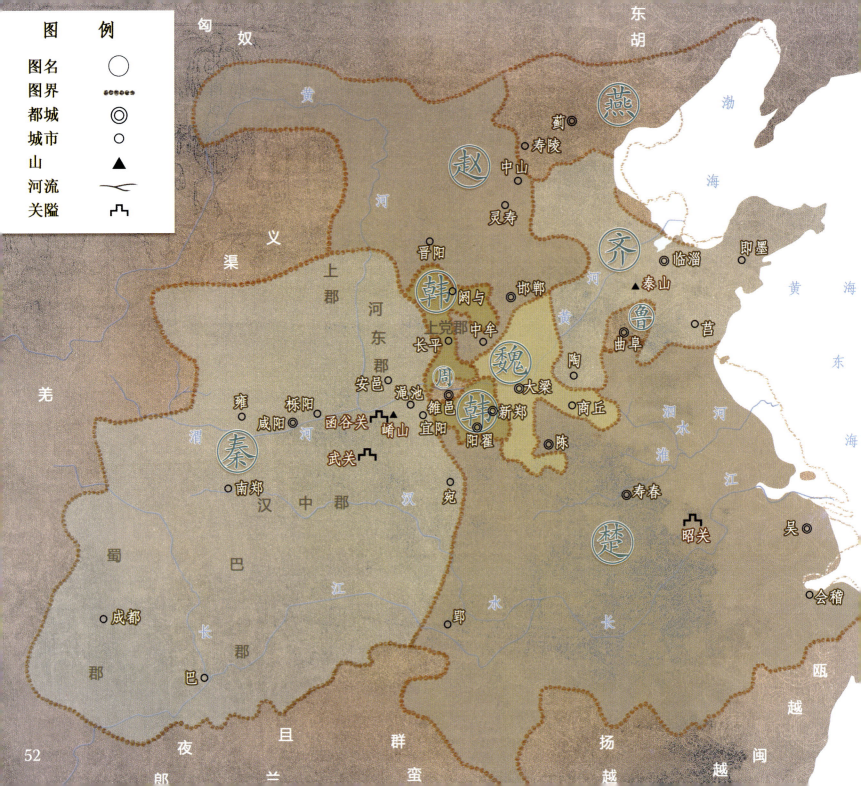

图例
图名 ◯
图界 ●●●●●
都城 ◎
城市 ○
山 ▲
河流 ～
关隘 凸

匈奴

东胡

燕

赵

蓟○
寿陵○
中山○
灵寿○

渤海

齐

即墨○
临淄◎
▲泰山

鲁

曲阜○
莒○

黄海

义渠

黄河

上郡

河东郡

晋阳○
韩
阏与○
上党郡 中牟○
长平○

邯郸◎

陶○

魏
周
大梁◎

新郑◎
阳翟○

商丘○
陈○

东海

羌

安邑○
渑池○
雒邑○
雍○
栎阳◎
咸阳◎
函谷关凸 ▲崤山
武关凸
宜阳○

韩

河

渭

秦

南郑○
汉中郡
汉
水

宛○

泗水

淮

江

寿春◎

楚
昭关凸
吴◎

会稽○

蜀郡
成都○

巴郡
巴○

长江

郢○

水

长

瓯越

且兰

夜郎

群蛮

扬越

闽越

52

参考书目

· 何琳仪，《战国古文字典》，北京：中华书局，1998。

· 邯郸市博物馆，《赵都风韵》，北京：科学出版社，2007。

· 桑田悦等著，张咏翔译，《战略战术兵器事典1：中国古代篇》，新北市：枫树林，2011。

· 修海林、王子初，《乐器》，台北市：猫头鹰出版社，2003。

· 杨宽，《战国史》，台北市：台湾商务印书馆，1997。

· 杨宽，《战国史料编年辑证》，台北市：台湾商务印书馆，2002。

· 刘永华，《中国古代车舆马具》，上海：上海辞书出版社，2002。

· 刘永华，《中国古代军戎服饰》，北京：清华大学出版社，2013。

· 刘东升、胡传藩、胡彦久，《中国乐器图志》，北京：轻工业出版社，1987。

· 乐声编，《中华乐器大典》，北京：民族出版社，2002。

· 韩兆琦注译，《新译史记》，台北市：三民书局，2012。

· 薛艺兵，《中国乐器志·体鸣卷》，北京：人民音乐出版社，2003。

· 〔宋〕聂崇义，《新定三礼图》，北京：中华书局，1992。

后记

我们现在处于一个知识琐碎、资讯泛滥的年代，如何引导青少年有兴趣、有系统地阅读既悠久又浩瀚的中华历史与文化，是我们在编写这套书前，一直在思考的问题。

我在博物馆界工作的四十多年经验中，尤其在故宫博物院工作期间，为年轻人设计及举办了不少活动与展览，深刻体会并发现这一代年轻人是在视觉影像环境中长大的。他们对图像、动画的喜爱与敏感，将是他们学习最直接、最有效的媒介。

于是我们决定将中华文化以故事形式、图画手法、有系统地编写出版。《图说中华文化故事》为此诞生。

本丛书力求做到言必有据，插图中的人物、场景、生活用器、年表、地图皆有严谨考证，希望呈现不同时期的历史、地理、时尚、生活艺术、礼仪与背后的文化内涵。第一套推出的是战国时期赵国的成语故事，共十本，并辅以导读，把赵国的盛衰、文化特质、关键战役、重要人物及艺术发展逐一介绍，以便把十个成语故事紧密扣合，统整串合成赵国的文化史。

《图说中华文化故事》希望让全球的青少年有机会认识中华文化丰富的内涵，进而学习到其中蕴含的智慧。这是我们团队编写这套书最大的期盼与目的。

最后，本丛书第一辑"战国成语与赵文化"所用出土文物照片，承蒙上海博物馆、秦始皇帝陵博物院、湖北省博物馆、湖南省博物馆、邯郸市博物馆、中国国家博物馆、襄阳市博物馆、河北省文物研究所、河南博物院、云南省博物馆、陕西历史博物馆、四川博物院、北京故宫博物院、鸿山遗址博物馆及北京大学赛克勒考古与艺术博物馆惠予授权使用，在此谨致谢忱。

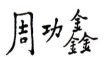

2014 年 11 月于台北

54

主编简介

周功鑫教授，法国巴黎第四大学艺术史暨考古博士，现为辅仁大学博物馆学研究所讲座教授。曾任台北故宫博物院院长（2008.5—2012.7）、辅仁大学博物馆学研究所创所所长（2002—2008）。服务故宫及担任院长期间，曾创设各项教育推广活动与志工团队，并推动多项国际与两岸重量级展览与学术研讨活动，其中"山水合璧——黄公望与富春山居图特展"（2011），荣获英国伦敦 *Art Newspaper* 所评全球最佳展览第三名，及台北故宫被评为全球最受欢迎博物馆第七名。由于周教授在文化推动方面的卓越贡献，先后获法国文化部颁赠艺术与文化骑士勋章（1998）、教宗本笃十六世颁赠银牌勋章及奖状（2007）及法国总统颁赠荣誉军团勋章（2011）等殊荣。

书　　名　图说中华文化故事4
　　　　　战国成语与赵文化　负荆请罪

主　　编　周功鑫
原创制作　小皮球文创事业
艺术总监　纪柏舟
统　　筹　金宗权　许家豪

研究编辑　张永青　　　　场景设计　纪柏舟
资讯管理　林敬恒　　　　绘　　画　张可靓　王彩苹　周昀萱
撰　　文　郑如芳　　　　锦地纹饰　刘富璁
人物设计　纪柏舟

出 版 人　陈　征
责任编辑　李　霞　毛静彦
印刷监制　周剑明　陈　淼

出　　版　上海世纪出版集团　上海文艺出版社
　　　　　200020　上海绍兴路74号
发　　行　上海世纪出版股份有限公司发行中心
　　　　　200001　上海福建中路193号　www.ewen.co
印　　刷　北京一鑫印务有限责任公司
版　　次　2015年11月第1版　2019年3月第4次印刷
规　　格　开本889×1194　1/16　印张3.5　插页4　图文56面
国际书号　ISBN 978-7-5321-5928-4/J·407
定　　价　32.00元

告读者　如发现本书有质量问题请与印刷厂质量科联系
T：010-61424266

图书在版编目（CIP）数据

负荆请罪／周功鑫主编．—上海：上海文艺出版
社，2015.11（2019.3 重印）
（图说中华文化故事．战国成语与赵文化）
ISBN 978-7-5321-5928-4

Ⅰ.①负… Ⅱ.①周… Ⅲ.①汉语—成语—故事
Ⅳ.① H136.3

中国版本图书馆 CIP 数据核字（2015）第238391号